옮긴이 **이현경**

한국외국어대학교와 동 대학원을 졸업했고 비교문학으로 박사
학위를 받았다. 이탈리아 대사관에서 주관하는 제1회 번역문학
상과 이탈리아 정부가 주는 국가 번역상을 받았으며 한국 외국
어대학교 이탈리아어 통번역학과 조교수를 역임했다. 현재 이탈
리아어 통번역학과에서 학생들을 가르치고 있다. 옮긴 책으로는
《이것이 인간인가》《미의 역사》《바우돌리노》《보이지 않는 도시
들》《반쪼가리 자작》《어느 겨울밤 한 여행자가》 등이 있다.

당신이 시작하면
세상도 시작합니다

LA PACE È UN FIORE FRAGILE

by Jorge Mario Bergoglio, Papa Francesco

care of Anna Peiretti

© 2020 Libreria Editrice Vaticana, Citta del Vaticano

© 2020 Mondadori Libri S.P.A.

© Illustration by Alessandro Sanna

Published by Mondadori under the imprint of Piemme

All rights reserved.

Korean Translation Copyright © 2021 by THE FOREST BOOK PUBLISHING CO.
Korean edition is published by arrangement with MONDADORI LIBRI S.P.A. through
Imprima Korea Agency

당신이 시작하면
세상도 시작합니다

더 정의롭고 선한 세상을 위한
프란치스코 교황의 말씀

프란치스코 교황 지음 | 이현경 옮김

더숲

여러분이 우주정거장으로 가서 아래를 내려다본다면 어떨까
요? 지구가 까마득히 멀리 보일 겁니다. 지구는 상처는 약간 있
겠지만 그래도 무척 아름다운 행성입니다. 분명 여러분은 지구
의 아름다운 광경에 감동받을 것입니다.

거기에서는 아무리 성능이 좋은 망원경으로도 대지와 사람들
을 가르는 경계선을 볼 수 없습니다. 지구에 사는 수많은 남자
와 여자의 피부색을 구별할 수 없을 테고 국기도 볼 수 없을 것
입니다. 다들 너무 작기 때문이지요.

프란치스코 교황님은 우주에서 지구를 내려다보듯이 그렇게
세상을 관조하기를 좋아하십니다. 무엇과 비교할 수 없을 정도
로 훌륭한 걸작을 감상하듯이 전체를 바라보는 것입니다. 그
속에서 하나가 된 것, 나뉘지 않은 것을 보며 혼란이 아닌 조화
를 발견하십니다.

교황님은 매일 지구 위를 거닐며 세상을 느끼십니다. 그 어떤 강력한 안테나도 수많은 세상의 언어, 매일 이곳저곳으로 움직이는 사람들의 발소리, 배가 지나갈 때 생기는 파도의 출렁임을 포착할 수는 없습니다. 서로가 형제라는 진리를 아는 모든 소년과 소녀의 이름도 알아낼 수 없습니다.

세상에 퍼져 있는 각기 다른 종교의 노래를 들어보세요. 공기 중에 퍼져 있는 놀랄 만큼 다양한 음악을 들으며 기쁨을 느껴보세요. 거기서 우리는 평화의 씨앗이 움직이는 소리를 들을 수 있습니다. 우리 귀에는 거의 들리지 않지만 매일 바람의 여행을 따라 희망을 실어 나르는 그 소리를 말입니다.

프란치스코 교황님은 세상의 정원에 연약한 꽃이 수없이 자란다는 사실을 잘 아십니다. 그래서 그 꽃들을 당신의 언어로 보살피십니다. 햇빛이자 물인 교황님의 말씀은 아름다운 동작과 행동을 우리에게 알려주십니다. 그리고 그의 기도는 우리를 부드럽게 어루만집니다.

교황님은 인간의 보편적 언어로 평화를 이야기하므로 모두 귀기울일 수 있습니다. 이 책에는 좀 더 정의롭고, 좀 더 선하고, 좀 더 아름답고, 좀 더 아늑하고, 좀 더 형제애로 하나 되는 세상을, 여러분이 원하는 바로 그런 세상을 만들도록 돕는 말들이 담겨 있습니다. 이제 곧 프란치스코 교황님이 여러분을 위해 들려줄 말을 만나게 될 겁니다.

지치지 말고 좀 더 나은 나와 세상을 상상하세요. 그러면 평화라는 연약한 꽃의 향기를 맡게 될 겁니다.

안나 페이레티

차례

1

세상은
우리 모두의 집입니다

우리 앞에 펼쳐진 수많은 아름다움 앞에서 매번 새롭게 놀랍니다.
어린아이 눈으로 이것을 바라볼 수 있다면
우리를 둘러싼 아름다움,
인간이 함께 만든 이 아름다움을 감상할 수 있습니다.

2019년 7월 6일, 메시지

하느님께서는 왜 세상을 창조하셨을까요? 이유는 단 하나입니다. 하느님의 충만함을 나눠 누군가에게 주고 그 사람과 충만함을 공유하기 위해서입니다.

2017년 2월 6일, 산타마르타의 집 강론

우리가 사는 세상은 조화와 평화의 집이며, 모두 자기 자리를 찾아 '자기 집' 같은 기분을 느낄 수 있는 곳입니다. 세상은 좋은 집이니까요. 모든 피조물은 좋은 집에서 조화롭고 선량한 세계를 만듭니다.

2013년 9월 7일, 강론

장인처럼 우리를 창조하신 하느님의 손을 생각합시다.

2013년 11월 12일, 산타마르타의 집 강론

오늘, 하느님께 감사합시다. 하느님 세계의 모든 요소가 우리 몸 안에 담겨 있고, 그 세계의 공기가 우리를 숨 쉬게 하며, 그 세계의 물이 우리를 살리고 마음과 몸의 활력을 되찾게 해준다는 것을 기억합시다.

2019년 6월 5일, 트위터

우리의 아마존, 우리의 차코 대평원, 우리의 고원, 우리의
평야와 계곡은 나무와 꽃으로 뒤덮여 있습니다. 세상은
해결해야 할 문제 그 이상의 무엇입니다. 기쁨과
찬양으로 비춰봐야 할 환희에 찬 신비입니다.

2015년 7월 8일, 담화

–

우리가 자연을 함부
로 대하면 자연도
인간에게 함부로
하게 됩니다.

2016년 9월 1일, 메시지

–

우리는 지금 우리가 사는 세상에
주의를 기울이지 않습니다. 하느님께서 모든
인간을 위해 창조하신 이 세상을 돌보지도 않고 보살피지도
않습니다. 그래서 이제 우리는 서로 보살필 수조차 없습니다.

2013년 7월 8일, 강론

–

우리에게는 땅과 피조물을 보살펴 자라게 하고 하느님의 법에
따라 번성하게 할 의무가 있습니다. 우리는 피조물의 손님이지

주인이 아닙니다. 우리는 피조물을 지배하는 게 아니라 그들이
주의 율법에 따라 앞으로 나아가게 해주어야 합니다.

2015년 2월 9일, 산타마르타의 집 강론

너무나 소박하면서도 소중한 요소인 '물 자매'를 주신 하느님께 감사합시다. 모두가 물을 이용할 수 있도록 애씁시다.

2019년 3월 22일, 트위터

우리는 서로서로 피조물을 보호하며 함께 걸을 수 있습니다. 어떤 종교인지 관계없이 모든 신자가 함께 말입니다. 공동의 재산으로 경작하고 보호할 세상의 정원을 우리에게 선물해주신 창조주를 함께 찬양할 수 있습니다.

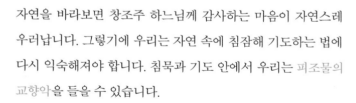

2015년 10월 28일, 교황과의 만남

우리는 우리를 위해 창조된 세상을 보살펴야 할 손님들입니다.

2017년 9월 6일, 메시지

자연을 바라보면 창조주 하느님께 감사하는 마음이 자연스레 우러납니다. 그렇기에 우리는 자연 속에 침잠해 기도하는 법에 다시 익숙해져야 합니다. 침묵과 기도 안에서 우리는 피조물의 교향악을 들을 수 있습니다.

2019년 9월 1일, 메시지

14

우리는 하느님의 특별한 사랑을 받는 피조물입니다. 우리는 삶을 사랑하고 공동체 속에서 살아가라는 선하신 하느님의 부름을 받았습니다.

2019년 9월 2일, 트위터

피조물은 우리가 하느님을 만나거나 서로 만나는 곳입니다. 이곳은 '하느님의 사회'로, 우리가 창조주께 전 우주를 찬미하는 노래를 드높이게 해줍니다.

2019년 9월 2일, 트위터

자연은 우리에게 서로 굳게 연대하고 주의를 기울여 피조물을 보호하라고 말합니다. 이는 매우 심각한 결과를 불러올 사태를 미리 방지하는 일이기도 합니다.

2014년 2월 9일, 삼종기도

우리는 이 땅을 유산으로, 은혜로, 선물로 받았습니다. 우리는 자신에게 물어봐야 합니다. "이걸 버리고 싶어?"

2015년 7월 7일, 담화

저는 감사하게도 농사의 세계와 가까이 살았습니다. 그래서 지금 세대와 미래 세대 모두 먹을 음식을 생산할 수 있도록 땅을 기름지게 보존하며 농사를 지으라고 말하고 싶습니다.

2015년 11월 8일, 삼종기도

저는 하느님께서 주신 은혜인 피조물의 경이로움을 어떻게 받아들여야 할지 스스로 묻습니다. 우리는 모두 피조물을 은혜로 받아들이고 사랑하고 보호해야 합니다. 피조물은 선물이기 때문입니다.

2017년 2월 6일, 산타마르타의 집 강론

하느님께서는 우리에게 풍요로운 정원이라는 은혜를 베푸셨습니다. 그런데 우리는 그 정원을 쓰레기와 오염물질로 뒤덮고, 사막으로 만들고 있습니다.

2016년 9월 1일, 메시지

화석연료를 사용하고 숲을 없애는 인간의 모든 행동 때문에 인류의 건강은 위태로워지고 있습니다. 지구와 지구에 사는 사람들의 건강을 보호하기 위해 적절한 대답이 필요합니다.

2018년 11월 12일, 담화

넓은 바다는 인류의 공동 유산입니다. 공동 유산을 보살피려면  냉소적이고 무관심한 태도를 반드시 버려야 합니다. 우리는 넓은 바다의 오염 문제, 예를 들어 플라스틱이나 미세플라스틱이 원인인 오염을 모르는 체하면 안 됩니다. 그런 물질은 먹이사슬로 들어가 바다는 물론 우리 건강에 심각한 결과를 가져옵니다.

2017년 10월 7일, 서신

우리가 떠난 뒤 지구에서 살아갈 사람들과 성장하는 어린이에게 어떤 세상을 물려줘야 할까요? 공동의 집, 우리와 미래 세대의 안녕을 지키려는 모든 노력이 기후변화의 충격을 줄이고 가난과 싸워 인간의 존엄을 꽃피우는 방향으로 향해야 합니다. 이 두 가지 선택은 함께 가야 합니다. 기후변화를 막는 한편 인간의 존엄을 꽃피우기 위해 가난과 싸우는 것입니다.

2015년 12월 6일, 삼종기도

—

국제적으로 협력해 기후변화에 맞서야 합니다. 한 사람, 한 사람의 선택이 모여 모든 사람의 삶에 반향을 불러일으킵니다.

2018년 9월 16일, 트위터

—

우리가 우리 땅에서, 나의 땅에서 말하듯이 '성대한 잔치는 결국 가난한 사람들에게 그 비용을 내게 하는 것'으로 끝납니다. 우리 모두는, 특히 가톨릭교도인 우리는 피조물을 보호할 책임이 있습니다.
우리는 우리 자신과 다른 사람들뿐 아니라 하느님과 그분이 손수 만드신 것과 조화하라는 부름을 받았습니다.

2016년 10월 31일, 담화

하느님께서 나와 같은 피조물을 창조하셨고 우리에게 이 피조물과 함께 앞으로 가라고 하셨습니다. 우리는 이 피조물을 파괴하는 것이 아니라 성장하도록 보살피고 보호해야 합니다.

2017년 2월 7일, 산타마르타의 집 강론

–

나는 젊은이들에게 늘 자연을 사랑하고 보호하는 데 힘쓰라고 말합니다. 공동생활의 가치를 지키고 각자 일상적으로 참여해 더 굳게 결속되어 좀 더 안전한 세계에서 살게 하라고 말입니다.

2018년 12월 22일, 담화

–

모든 피조물에는 역할이 있으며 무의미한 피조물은 하나도 없습니다. 우주 전체는 하느님께서 만드신 사랑의 언어이며 우리를 위해 무한한 애정을 담은 언어입니다. 땅, 물, 산 등 모든 것을 하느님께서 어루만지십니다.

2019년 5월 22일, 트위터

–

하느님께서는 우리에게 피조물을 기르고 보호하라고 하셨습니다. 세상을 책임감 있게 성장시키고 세상이 정원이 되어 모두가 살 수 있도록 바꾸는 것은 하느님께서 계획하신 일입니다.

2013년 6월 5일, 교황과의 만남

전쟁은 언제나
환경에 심각한 피해를 줍니다.
우리는 함께 사는 공동의 집을
함부로 쓰지 말고
미래 세대를 위해
잘 보존해야 합니다.

2017년 11월 6일, 트위터

가족 구성원은 저마다 비록 가늘지만 반드시 있어야 하는 한 가닥 실이 되어 모든 이를 감싸 안는 생명의 거미줄을 짤 수 있습니다. 우리는 피조물 보호에 관심을 가지며 책임감을 잊지 말아야 합니다.

2019년 9월 1일, 메시지

–

우리가 지구의 미래를 어떻게 만들어갈지 서로 대화하길 다시 권합니다. 거기에 모든 사람의 재능을 투자해야 하는지도 이야기해보세요. 모든 변화에는 전 세계적인 연대감을 새로 느끼고 더욱 안락한 사회를 성숙시킬 교육과정이 필요하기 때문입니다.

2019년 9월 12일, 메시지

–

주여, 저희가 공동의 집, 특히 보호해야 하고 모두 이용해야 하는 기초 재산인 물을 더 확실히 보살피게 해주소서.

2018년 9월 1일, 트위터

–

하느님께서는 피조물과 우리 마음속에 이런 계획을 세우셨습니다. 하느님과 형제들과 온 세상을 사랑하라. 그리고 그 사랑으로 진정한 행복을 찾아라.

2019년 5월 12일, 트위터

인간의 탐욕이 빚어낸 수천 가지 방법으로 상처받은 땅의 비명을 들어봅시다. 우리 땅이 한 사람도 소외감을 느끼지 않는 아늑한 집이 되게 합시다.

2019년 3월 3일, 트위터

—

우리에게 '공동의 집'은 지구입니다. 하느님께서는 그곳에 우리가 살 자리를 만드신 다음 즉시 보살피라며 우리를 부르셨습니다.

2019년 1월 1일, 메시지

—

우리는 공동의 집에 살면서 집이
어떤 상태인지 묻지 않을 수 없
습니다. 수질오염과 대기오염,
무분별한 삼림 벌채, 환경파괴는
종종 다른 사람에 대한 인간의
무관심에서 비롯합니다. 이들은 모두
연결되어 있습니다.

2016년 1월 1일, 메시지

우리는 자연을 마음대로 사용하는 대신 책임감을 가지고 관리하라는 부름을 받았습니다. 하지만 우리는 탐욕스럽게 자연을 지배하고 소유하고 변질시키고 악용하려는 오만함에 이끌립니다. 자연을 보호하거나 존중하지 않을 뿐 아니라 무상으로 받은 선물로 여겨 미래 세대를 포함해 형제들이 사용하도록 보살펴야 한다고 생각하지 않습니다.

2014년 1월 1일, 메시지

–

피조물을 존중합시다. 우리는 파괴하는 도구가 아닙니다. 모든 인간을 존중합시다. 대지를 피로 물들이는 분쟁이 끝나도록 총성을 멈춰야 합니다. 증오가 있는 어디에서든 사랑에, 모욕이 있는 어디에서든 용서에, 불화가 있는 어디에서든 화합에 자리를 내주어야 합니다.

2013년 10월 4일, 강론

–

눈에 보이는 모든 것 아래, 아주 깊고 깊은 곳에 평화가 있습니다. 평화는 아무도 앗아갈 수 없습니다. 평화는 선물입니다. 물 위에서는 거센 파도가 치지만 그 아래 깊은 곳은 고요한 바다 같습니다.

2019년 5월 21일, 산타마르타의 집 강론

인간의 사회생활에서 환경 보호는 빼놓을 수 없는 일입니다.

2015년 7월 21일, 담화

기상 상황이 안 좋아 2시간 40분 동안 자동차를 타야 했지만 이것이 오히려 하느님의 은총이었습니다. 한 번도 보지 못한 아름다운 풍경을 보았습니다. 트란실바니아의 끝에서 끝까지 자동차로 지나갔는데 그곳은 아름다움 자체였습니다.

오늘도 마찬가지로 무척 아름답고 또 아름답습니다. 헬리콥터 가 아니라 자동차를 타고 여행하게 해주신 비에도 감사합니다. 현실과 더 많이 맞닿게 해주었으니까요.

2019년 6월 2일, 인터뷰

이 세계의 속임수를 따라 삶을 평가하는 사람은 아무도 없습 니다. 우리를 창조하신 아버지의 이름으로 자기 자신과 타인을 받아들여야 합니다. 그분은 삶을 사랑하십니다. 이건 멋진 사실 입니다. 하느님께서는 삶을 사랑하십니다.

2018년 10월 10일, 교황과의 만남

2

닫힌 마음의 문을
여세요

세상에는 열린 문이 점점 더 많이 필요합니다.
열린 문은 의사소통을 하고, 서로 만나고,
다양성을 존중하며 평화 속에서
함께 살아가도록 돕는 데 도움이 됩니다.
2019년 9월 15일, 메시지

문을 닫아버리려는, 정확히 말해 언제나 자기변명을 하며 자기 죄와 함께 살아가려는 시도가 있습니다. 그렇게 하면 영혼의 자물쇠가 잠기고 악의 포로가 되어 그 안에 갇히게 됩니다.

2016년 2월 10일, 강론

가까운 이들은 물론 이웃에게도 평화의 씨앗을 뿌리세요! 밖으로 나가서 사람들 얼굴을 관찰하고 어려움에 빠진 사람들을 만나세요. 사람으로서, 이 땅의 자식으로서 마땅히 받아야 하는 대접을 받지 못하는 이들을 만나 씨앗을 뿌리세요.

2018년 1월 16일, 강론

평화가 없다면, 넓은 의미의 인사를 할 수 없다면, 평화 정신이 담긴 열린 마음을 가질 수 없다면 결코 통합할 수 없습니다.

2016년 10월 21일, 산타마르타의 집 강론

대화는 '실험실에서' 만들어지는 게 아니므로 대화할 때는 인간적이어야 합니다. 대화가 인간적이면 머리와 마음과 손으로 대화할 수 있습니다.

2019년 3월 31일, 인터뷰

여러분, 대화는 머리와 마음과 손으로 해야 합니다.

2018년 10월 29일, 일반 알현

–

이 땅의 위대한 시인이 말했습니다. "당신이 인간적이라면 사람들과 섞이십시오. 사람들은 사람들 속에서 잘 지내기 때문입니다."(니자미 갠재비, 1141~1209, 아제르바이잔의 시인–옮긴이) 다른 사람에게 마음을 열면 가난해지는 게 아니라 풍요로워집니다. 더욱 인간적이 되도록 도와줍니다. 서로를 공동체의 활력으로 인정하고, 삶을 다른 이를 위한 선물로 해석하게 도와줍니다. 자기 이익이 아니라 인류의 선을 목표로 바라보게 해주며 이상주의, 간섭주의 없이 행동하게 해주고 괜한 참견과 강요된 행동을 하지 않을 뿐만 아니라 늘 역동적인 역사, 문화, 종교적 전통을 존중하며 행동하게 도와줍니다.

2016년 10월 2일, 담화

우리가 개인에게서 존중해야 하는 것은 무엇보다 그 개인의 삶과 신체 완전성, 존엄성과 거기서 나오는 권리, 평판, 윤리적·문화적 정체성과 사고, 정치적 선택입니다. 따라서 우리는 존중하는 태도로 다른 사람을 생각하고 말하고 글을 써야 합니다.

2013년 7월 10일, 메시지

대화 초반에는 다른 이에 대한 이해가 처음 생깁니다. 인간의 성질에 공통으로 속하는 전제조건에서 시작한다면 편견과 위선을 극복하고 새로운 관점에서 다른 사람을 이해하게 됩니다.

2015년 1월 24일, 담화

실수한 뒤 문을 열지 않고 닫아버리는 모든 그리스도인을 나쁘게 생각하면 안 됩니다.

2013년 5월 25일, 산타마르타의 집 강론

차이를 받아들이고 환영하는 마음을 키우십시오.

2018년 9월 22일, 담화

하느님께서 우리 아버지시라면 우리가 손을 잡지 않고 어떻게 아버지 앞에 나아가겠습니까? 우리에게 주신 빵을 스스로 훔친다면 어떻게 그분 아들이라 하겠습니까?

2019년 3월 27일, 일반 알현

세상을 관조하는 눈으로 보면 전 세계에서 이주자와 망명자에게 문과 마음을 여는 수많은 사람과 가족 공동체의 희생정신, 창조성과 강인함을 알아차릴 수 있습니다.

2018년 1월 1일, 메시지

이주자에게는 좋은 법규와 제도, 성장과 통합 프로그램이 필요하지만 그에 못지않게 사랑, 우정, 인간적 친밀함도 필요합니다. 그들의 말을 들어주고 눈을 바라보며 함께 가야 합니다.

2017년 12월 9일, 담화

친애하는 이주자, 망명자 여러분! 여러분에게는 교회 마음의 한가운데에 특별한 자리가 마련되어 있습니다. 여러분은 그 마음이 넓어지게 도와 전 인류를 향한 모성애를 표현하게 합시다.

2014년 9월 3일, 메시지

그만 조화가 깨졌습니다. 이제 타자는 사랑해야 할 형제가 아니라 내 삶과 행복을 방해하는 타인일 뿐입니다.

2013년 7월 8일, 강론

하느님의 사랑은 모두 그리고 각자에게 닿아서 그들이 아버지 품을 받아들이도록 바꾸어놓습니다. 그들의 숫자와 똑같이 팔을 벌려 꼭 안아주는 그 품 말입니다. 그 껴안음은 누구든 아들처럼 사랑받고 있고 단 하나인 인류 가족의 '집에' 있는 기분을 느끼게 합니다.

2016년 1월 17일, 메시지

형용사를 사람을 지칭하는 말로 쓰는 습관이 널리 퍼져 있습니다. 형용사는 언제나 명사와 사람을 수식해야 하는데, 형용사만을 너무 많이 사용하다 보니 실체인 명사를 잊습니다. 그래서 나는 형용사로 사람을 지칭하는 '이주자들'이라는 말보다는 '이주한'이라는 형용사와 '사람'이라는 명사가 합쳐진 '이주한 사람들'이라는 말이 더 좋습니다.

2019년 4월 3일, 일반 알현

–

하느님의 섭리는 우리가 망명자와 더 많이 연대하고 형제애가 넘치는 사회, 복음서에 따른 열린 가톨릭 공동체를 구성할 기회를 주십니다.

2019년 6월 20일, 트위터

–

이주자와 망명자 들은 빈손으로 오지 않습니다. 보물 같은 그들의 문화만이 아니라 용기와 능력과 에너지와 열망을 가지고 옵니다. 그래서 그들을 받아들인 국가의 삶을 풍요롭게 해줍니다.

2018년 1월 1일, 메시지

–

신발도 신지 않은 한 망명자가 길을 찾는데 어떤 부인이 그에게 다가가서 물었습니다. "선생님, 무얼 찾으세요?" 그러자 그가 대답했습니다. "저는 성베드로성당에 가서 포르타 산타 문으로 들어가고 싶습니다." 그 대답을 들은 부인은 생각했어요.

'신발도 신지 않았는데 어떻게 걸어가지?' 그래서 택시를 불렀는데 그 이주자, 그 망명자에게서 악취가 나서 대부분의 택시 운전사들이 태우려 하지 않았습니다. 그러다 마침내 한 택시가 간신히 그를 태웠습니다.

부인은 성당까지 가는 동안 그의 곁에 앉아서 어떻게 망명하고 이주했는지 물었어요. 남자는 전쟁과 굶주림으로 고통스러웠던 삶과 왜 조국을 떠나 이곳으로 이주했는지 들려주었어요. 목적지에 도착했을 때 부인이 지갑을 열어 택시 운전사에게 택시비를 내자 처음에는 이주자를 태워주지 않으려고 했던 택시 운전사가 부인에게 말했어요. "아닙니다, 부인. 제가 부인에게 돈을 드려야 합니다. 제 마음을 바꿔놓는 이야기를 듣게 해주셨으니까요."

2016년 10월 26일, 일반 알현

—

로힝야족 전통 종교에서는 태초에 하느님께서 소금 약간을 인간들의 영혼인 물에 뿌렸다고 합니다. 그래서 우리 마음속에는 신의 소금이 조금씩 들어 있다고 합니다. 이 형제자매들은 하느님의 소금을 몸에 가지고 있습니다.

2017년 12월 1일, 담화

배고픈 한 사람이 여러분 집의 문을 두드려 먹을 것을 달라고 부탁하면 여러분이 언제든 기꺼이 음식을 나누리라는 것을 저는 잘 압니다. 흔히 말하듯 언제나 식탁에 '숟가락 하나 더 얹을' 수 있습니다.

2013년 7월 25일, 담화

집을 짓는 것은 가족을 만드는 것과 같습니다. 실용적인 유대관계를 뛰어넘어 삶을 더 인간적으로 느끼도록 다른 사람과 결합하는 법을 배우는 것입니다. 우리 모두 잘 알다시피 집을 지으려면 모든 사람의 협력이 필요합니다.

2019년 1월 27일, 삼종기도

일상의 작은 몸짓과 손짓, 노인과 어린아이와 병자와 고독한 사람, 어려움에 빠진 사람, 집이 없는 사람, 일이 없는 사람, 이주한 사람, 망명한 사람에게 가까이 다가가는 몸짓…. 우리는 제각기 우연히 만나는 형제자매와 가까워질 수 있습니다.

2015년 5월 10일, 삼종기도

이웃을 사랑하는 것은 세계에서 학대당하고 버려진 여행자들의 이웃이 되는 것입니다. 그들의 상처를 달래주고, 그들에게 필요한 것이 있는 가까운 곳으로 기꺼이 이끌어주기 위해서입니다.

2019년 9월 29일, 강론

—

요구사항이 많기 때문에 문이 좁은 것입니다. 사랑은 언제나 요구가 많습니다. 열의를 요구하고 '노력', 즉 확고부동한 의지를 요구합니다.

2019년 8월 25일, 삼종기도

—

여러분이 선물 꾸러미를 받았는데 풀어보지도 않고 포장만 바라보는 것은 여러분이 받은 은총과 선물의 핵심이 아니라 겉면과 모양만 보는 것입니다.

2016년 4월 13일, 일반 알현

—

우리는 모두 하느님께 아주 중요한 존재입니다.

2013년 12월 10일, 산타마르타의 집 강론

우리의 뿌리를 공유하고 하느님께서 씨앗을 뿌리신 선을 재발견해 그 선이 다른 곳에서 자라게 해서 서로에게 선물을 주는 것, 서로 배우고 대화와 구체적인 협력을 두려워하지 않도록 서로 돕는 것은 아주 값진 일이라고 생각합니다.

2019년 6월 28일, 담화

올바른 정치는 관련된 모든 사람에게 봉사하는 정치입니다. 또한 안전은 물론 모두의 권리와 존엄의 존중을 보장하는 적절한 해결책을 마련하는 것입니다. 서로 관련성이 점점 더 많아지는 세상에서 다른 나라들도 고려하며 자기 나라의 행복을 바라봐야 합니다.

2018년 7월 6일, 강론

우리는 '집에서 나가' 타인들을 향해 눈과 마음을 열라는 권유를 받습니다. 우리의 혁명은 사랑과 기쁨으로 이루어집니다. 기쁨은 언제나 타인과 가까워지고 연민을 느끼게 합니다. 연민은 동정이 아니라 '함께 나누는' 것이며, 다른 사람의 삶을 도와주려고 관심을 가지는 것입니다.

2015년 9월 22일, 강론

우리가 사는 세상에는
사랑이라는 혁명이
필요합니다!

2018년 8월 25일, 트위터

이주자만 관련된 일이 아니라 세상에서 하느님의 계획을 실현하도록 부름을 받은 인류 가족 모두와 관련이 있는 문제입니다.

2019년 9월 29일, 트위터

—

우리는 어린이에게서 꿈을 빼앗을 수 없습니다. 항상 희망적인 상황이 되도록 애써야 합니다. 거기서 어린이의 꿈이 자라고 어린이들끼리 꿈을 공유합니다. 공유된 꿈은 새로운 삶의 방식이 되어 나아갈 길을 열어줍니다.

2019년 6월 12일, 트위터

—

모든 인간에게는 삶을 살 권리, 꿈을 꿀 권리, '공동의 집'에서 정당한 자리를 찾을 권리가 있습니다. 각 개인에게는 미래에 대한 권리가 있습니다.

2019년 3월 30일, 트위터

—

우리에게는 자유로운 개인들의 공동체를 함정에 빠뜨리는 것이 아니라 자유롭게 하고 보호하기 위해 만들어진 그물이 필요합니다.

2019년 1월 24일, 트위터

종교, 언어, 문화가 다르다 해도 형제가 고통받는데 함께 고통스러워하지 않는 사람은 자신의 인간성을 되돌아보아야 합니다.

2018년 1월 11일, 트위터

—

정치적 행동은 인간, 공동선, 피조물을 존중하는 방향으로 해야 합니다.

2017년 12월 10일, 트위터

하느님의 지혜는 우리와 다르게 행동
하고 생각하는 사람들을 어떻게 환대
하고 받아들여야 하는지 알 수 있게
도와줍니다.

2017년 12월 2일, 담화

차이는 마찰을 만들어내기도 하지만
건설적이고 비폭력적인 방법으로 이
를 해결해서 긴장하고 대립했던 관계
가 하나로 합쳐지면 통합된 새 삶을
만들 수 있습니다.

2017년 1월 1일, 메시지

일상에서 건네는 말 한마디, '안녕하
세요'라는 인사 한 번, 미소를 짓는 작은 행동 등은 돈이 전혀
들지 않지만 보이지 않는 어떤 사람에게 희망을 주고 길을 열
어주어 그의 삶을 바꿀 수 있습니다.

2015년 1월 1일, 메시지

평화는 모두가 살아가도록 부름을 받은 거주지에 있는 집과 같습니다. 평화에는 국경이 없습니다.

2019년 9월 13일, 메시지

—

주님께서는 우리가 요새 같은 사회가 아니라 가족 같은 사회를 만들도록 도와주십니다. 적합한 규칙을 들이대며 환대하는 것이 아니라 언제나 사랑으로 환대하는 사회 말입니다.

2015년 10월 4일, 삼종기도

3

벽을 허물고
다리를 놓으세요

인생에서 여러분은 정반대되는 일을 두 가지 할 수 있습니다.
다리를 만들거나 벽을 높이 쌓는 일입니다.
벽은 인간관계를 분리하고 멀리 떨어뜨리지만
다리는 인간관계를 가깝게 이어줍니다.

2014년 9월 4일, 화상회의

공동의 집은 사람들을 나
누거나 대립하게 하는
벽을 용인하지 않습니다.
그보다는 다름을 존중하면
서 책임감을 지닌 소통과 만
남, 평화롭게 함께 살아가기
위해 협력하는 데 도움이 되는
열린 문이 필요합니다.

2019년 9월 13일, 메시지

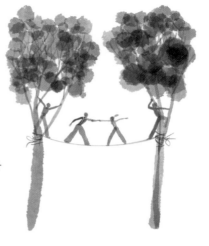

—

우리는 모두 서로 다른 문화와 종교를 잇는 다리, 우리가 공통
으로 지닌 인간성을 재발견하기 위한 길이 될 수 있습니다.

2016년 5월 21일, 트위터

—

벽 쌓기를 좋아하는 사람을 보면 슬퍼집니다. 자신이 쌓은 그
벽 안에 갇힐 테니까요. 반대로 다리를 건설하는 사람들은 그
만큼 앞으로 나아가게 됩니다. 다리를 건설한다는 것은 거의
인간을 넘어서 나아가는 일이고, 그만큼 크나큰 노력이 필요하
기 때문입니다.

2019년 3월 31일, 인터뷰

다리는 항상 하나로 이어줍니다. 다리가 서로가 서로를 향해 가는 데 사용되지 않고 금지하는 다리가 될 때 도시는 파괴되고 존재도 파괴됩니다.

2015년 6월 6일, 담화

—

다리는 하느님께서 천사의 날개로 만드셨습니다. 인간들이 산과 산 사이, 강과 강 사이에서 서로 연락하고 의사소통하게 하기 위해서입니다. 다리는 인간의 의사소통을 위한 것입니다. 벽은 반대로 소통에 장애가 되고 고립을 불러옵니다.

2019년 3월 31일, 인터뷰

—

지중해에서 사람이 익사하고 항구에 벽을 쌓는 광경은 내 머리에, 내 마음에 들어오지 않습니다. 이것은 이주라는 심각한 문제를 해결하는 방법이 아닙니다.

2019년 3월 31일, 인터뷰

—

모든 이의 어머니인 교회는 환대와 연대의 문화를 국경이 없는 세계에 확산합니다. 그 문화에 따르면 쓸모없는 사람, 자리에 맞지 않는 사람, 버려져야 할 사람은 하나도 없습니다.

2014년 9월 3일, 메시지

우리는 길을 걸어갈 때 각자 자기 생각에 빠져 있습니다. 보이지만 보지 않고 들리지만 듣지 않습니다. 사람들은 마주치지만 만나지는 않습니다.

2016년 9월 13일, 산타마르타의 집 강론

평화의 거리는 대화로 시작됩니다. 대화를 하는 것은 어렵지만, 사람들을 멀어지게 하는 벽이 아니라 관계를 맺게 하는 다리를 놓을 수 있습니다. 나는 매일 높아지며 분노를 부추기는 벽들이 무섭습니다. 증오합니다.

2014년 1월 24일, 산타마르타의 집 강론

우리는 지금 깜깜한 분쟁의 밤을 지납니다. 그 속에서 종교는 평화의 새벽이자 지칠 줄 모르고 울려 퍼지는 대화의 메아리입니다. 만남과 화해의 길로, 공식적으로 중재해보려 시도했으나 별다른 효과를 얻지 못한 그곳에까지 닿을 수 있습니다.

2016년 10월 2일, 담화

사람들과 세상의 선이라는 관점에서 볼 때 공간을 닫고 사람들을 분리할 뿐만 아니라 그들을 대립시키기까지 하고, 환대가 필요한 사람과 그 가족들을 부인하는 것은 어리석은 짓입니다. 환경을 파괴하고 공동의 집에 피해를 주는 것과 똑같은 폭력을 이런 식으로 사용하면 세상은 '산산조각' 납니다. 공동의 집에는 사랑과 보살핌과 존중이 필요합니다. 이와 더불어 평화와

형제애를 찾기를 기원합니다.

2019년 9월 13일, 메시지

—

이기주의를 버리고 소통하고 대화하도록 장려하면서 어떤 차
원에든 들어가기 위해 투쟁할 필요가 있습니다.

2015년 7월 7일, 강론

나는 다른 사람들이 하는 말을 들을 수 있습니다. 그런데 내가 그렇게 생각한다 해도 이렇게 말할 수 있습니다. "그냥 내가 그렇게 생각하는 게 아닐까?" 나는 대화를 할 수 있을까요? 고집이 센 사람들은 대화를 하지 않습니다. 늘 사상으로 자신을 방어하고 그 사상의 대변인이 되기 때문에 대화를 하지 못합니다.

2019년 1월 17일, 산타마르타의 집 강론

–

다른 종교 간 대화는 신앙이라는 큰 주제를 토론하기 전에 '인간의 삶에 대한 대화'라고 할 수 있습니다. 그러한 대화에서 기쁨과 고통과 고난과 희망이 담긴 존재의 일상을 구체적으로 공유할 수 있습니다. 공동의 책임을 지게 되고 모두를 위한 좀 더 나은 미래를 계획하게 됩니다. 함께 살고 서로를 알고 각자 다양하지만 그래도 받아들이는 법을 배우게 됩니다.

2015년 6월 6일, 담화

–

한 번도 상상해보지 못한 어떤 것을 보았습니다. 불교도, 이슬람교도, 힌두교도가 함께 기도하러 가는 겁니다. 그 신자들에게는 그들을 하나로 연결해주는 무엇인가가 있었습니다.

2015년 1월 15일, 인터뷰

인도주의의 주요 목표는
하나도 빼놓지 않고
모든 인간의 생명을 구하는 것입니다.
특히 결백한 사람들,
가장 보호받지 못하는 사람들의
생명을 구하는 것입니다.

2016년 5월 22일, 삼종기도

대화는 분리와 몰이해의 벽을 무너뜨리고 소통의 다리를 만들어 그 누구도 자신의 작은 세계에 갇혀 고립되는 것을 허락하지 않습니다.

2016년 10월 22일, 일반 알현

—

평화를 위해서는 지속적이고 끈기 있고 굳건하게 그 무엇도 놓치지 않는 지적인 대화가 필요합니다. 대화는 종종 서로를 알지 못하는 다른 세대의 사람들을 함께 살게 합니다. 다른 민족

출신, 신념이 다른 시민들을 함께 살게 합니다. 대화는 평화의 길입니다. 대화는 상호이해와 조화와 융화와 평화를 돕기 때문입니다. 또한 대화는 생명력이 있어서 다양한 상황에 처한 신념이 다른 사람들 사이에서 세상을 보호하며, 특히 약자를 보호하는 평화의 그물로 성장하며 넓게 퍼져나갑니다.

2013년 9월 30일, 담화

큰길과 도로의 교차로로 나가서 착한 사람과 나쁜 사람을 다 초대하십시오. 나쁜 사람까지 말입니다. 나쁜 사람까지! 모두 초대하십시오. 그리스도인은 걸어가다 어려움을 만나면 그것을 뛰어넘습니다.

2014년 2월 14일, 산타마르타의 집 강론

종교는 증오가 아닌 평화의 수단이 되라는 부름을 받았습니다. 하느님 이름으로 언제나 사랑만 전해야 하니까요. 진정성 있는 태도라는 공통점이 있는 종교와 스포츠는 협력할 수 있으며 전 사회의 각 민족이 '서로를 향해 칼을 들지 않을' 새로운 시대의 의미심장한 표시를 보여줄 수 있습니다.

2014년 9월 1일, 담화

평화는 전 인류의 선이기에 모든 장애물을 뛰어넘습니다. 다
시 한 번 큰 소리로 외칩니다. 민족들 내에서, 민족들 간에 함
께 살아가게 해주는 것은 충돌의 문화, 갈등의 문화가 아니라

만남의 문화, 대화의 문화입니다. 이것이 평화에 이르는 유일한 길입니다.

2013년 9월 1일, 삼종기도

–

우리는 이 사람은 이렇고 저 사람은 저렇지 하며 사람들에게 꼬리표를 붙입니다. 이런 꼬리표는 사람을 나누기만 하고 이런 태도는 눈에 보이지 않는 벽을 쌓기 때문에 모든 것을 오염시킵니다. 벽은 분리하고 고립시키고 소외시키면 모든 문제가 마법처럼 해결될 거라는 생각을 심어줍니다.

2019년 1월 25일, 강론

–

우리는 이러한 만남과 구원의 여정에서 우리를 도와주시기를 주님께 간절히 바랍니다.

2016년 12월 1일, 산타마르타의 집 강론

–

예수님의 희망을 알리는 사람은 기쁨도 전합니다. 그는 멀리 보며 마음이 열려 있고 벽에 갇히지 않습니다. 멀리 보기에 악은 물론 문제 너머까지 보는 동시에 가까운 것도 잘 봅니다. 그래서 이웃과 그들에게 무엇이 필요한지 주의 깊게 살핍니다.

2016년 9월 25일, 강론

재건하기는 쉽지 않아서 주님이 함께할 때만 할 수 있는데, 처음 만드는 것보다 재건하기가 더 어렵기 때문입니다. 훨씬 더 어렵습니다.

2019년 9월 24일, 강론

–

우리는 모두 평화의 장인이 되어 분리하지 않고 통합하며, 증오를 간직하지 않고 종식하며, 대화의 길을 열고 새로운 벽을 높이 쌓지 않게 하라는 부름을 받았습니다! 서로 만나 대화하며 이 세상에 대화의 문화, 만남의 문화의 씨를 뿌리라는 부름을 받았습니다.

2013년 9월 30일, 일반 알현

–

자비는 모든 벽, 모든 장벽을 뛰어넘어 언제고 인간의 얼굴, 사람의 얼굴을 찾도록 당신을 인도합니다.

2014년 9월 10일, 일반 알현

–

우리가 사람들과 평화롭지 않을 때 우리를 갈라놓는 벽이 생깁니다. 예수님은 이 벽을 허물도록 우리를 도와주십니다. 예수님 덕에 우리는 만날 수 있습니다.

2014년 10월 21일, 산타마르타의 집 강론

나는 벽이 아니라 다리를 만들자고 호소합니다. 악을 악으로 갚지 말고 선으로 악을 물리치고 모욕을 용서하기를 간절히 바랍니다. 그리스도인은 절대 "되갚아주고 말 테다!"라는 말을 할 수 없습니다. 절대로.

2017년 2월 8일, 일반 알현

–

부(富)는 벽을 높이 세우고 분열과 차별을 만들어낼 수 있습니다. 예수님은 반대로 재산과 부를 사람과의 관계로 바꿀 줄 알아야 한다고 권유하십니다. 사람이 물질보다 훨씬 값지고 소유한 재산보다 더 중요하기 때문입니다.

2019년 9월 22일, 삼종기도

–

주님께서는 형제를 갈라서게 하는 적대감의 벽을 허무십니다.

2017년 11월 23일, 강론

–

성령이 인간의 언어에 임하면 그 말은 '다이너마이트'처럼 폭발적이라서 심장에 불을 붙이고 틀을 깨버리고 저항을 막아내며, 분열의 벽을 허물어 새로운 길을 열고 하느님 백성의 경계를 넓힙니다.

2019년 5월 29일, 일반 알현

오늘날에는 성장하기를 두려워하고 삶의 도전, 주님의 도전, 역사의 도전을 두려워하는 그리스도인이 너무나 많습니다.

2019년 10월 8일, 산타마르타의 집 강론

–

하느님 마음속에는 적이 없습니다. 하느님께는 자녀들만 있습니다. 우리는 벽을 높이 쌓고 장벽을 만들고 사람들을 분류합니다. 하느님께는 자녀들이 있지만 제거해야 할 적은 없습니다.

2016년 11월 19일, 강론

–

형제자매 여러분, 우리 사이에 존재하는 몰이해의 벽을 허물도록 항상 노력하십시오.

2016년 10월 22일, 일반 알현

–

예수님은 인간들을 나누는 분리의 벽을 허무셨습니다. 그리고 새로운 형제애의 그물을 짜서 평화를 되찾으셨습니다. 우리는 우리 개인 속에, 우리 그룹에 갇히면 안 됩니다. 우리는 공동선을 위해 애쓰고 형제들, 특히 약하고 소외된 형제들을 돌보라는 부름을 받았습니다. 형제애만이 지속적인 평화를 보장할 수 있습니다.

2018년 4월 2일, 부활 삼종기도

예수님은 무관심과 묵인의 벽을 허물고 권력남용과 학대의 철책을 뽑아버리고 정의와 합법의 길을 여셨습니다. 바다는 열려 있어 삶이라는 드넓은 바다로 항해하면 얼마나 아름다울지 상상하게 만듭니다. 하지만 이렇게 하려면 억압과 두려움의 계류장에 묶여 있는 밧줄을 풀어야 합니다.

2018년 6월 3일, 담화

—

주님께서는 우리에게 은총을 내리시어, 받기를 기다리는 게 아니라 즉시 도움을 주는 교회를 주셨습니다. 교회는 향수 속에 잠든 게 아니라 오늘에 대한 사랑으로 뜨겁게 불타오릅니다.

2018년 4월 20일, 담화

—

다른 사람이 두려워 아직도 수많은 벽을 쌓아 올리는 세상에서 형제애의 길을 가고 사람과 사람 사이에, 민족과 민족 사이에 다리를 놓는 것을 두려워하지 마십시오.

2017년 2월 25일, 담화

—

우리는 다리를 놓고 벽을 허물고 화해의 씨앗을 뿌리기 위해 집을 떠나는 교회가 되고 싶습니다.

2015년 9월 22일, 강론

나는 여러분이 자신 속에 갇히는 함정에 빠지지 말라고 권합니다. 우리가 다른 사람에게 문을 열면 우리 삶이 비옥해지고 사회는 다시 평화를 찾고 사람들은 자신들의 존엄을 완전히 회복하기 때문입니다.

2016년 10월 26일, 일반 알현

-

여전히 세계를 갈라놓는 수많은 벽이 모두 허물어지게 만남의 문화가 점점 더 퍼지길 바랍니다!

2017년 11월 9일, 트위터

오늘날 수많은 형제자매의 삶을 무겁게 누르는 무관심의 세계화는 우리 모두가 연대와 형제애의 세계화를 만드는 장인이 되기를 요구합니다.

2015년 1월 1일, 메시지

─

여전히 세계를 갈라놓은 수많은 벽이 모두 허물어지게 만남의 문화가 점점 더 확산되길 바랍니다! 그러면 결백한 사람들이 박해를 받고 심지어 신앙과 종교 때문에 죽임을 당하는 일은 더 벌어지지 않을 것입니다. 벽이 있는 곳에서 마음은 닫힙니다. 벽이 아니라 다리가 필요합니다!

2014년 11월 9일, 삼종기도

─

하느님의 계시를 향해, 하느님과의 만남을 향해 나아가며 사는 게 바로 희망입니다. 희망은 다른 쪽 강가에 닻을 던지는 것과 같습니다.

2019년 10월 29일, 산타마르타의 집 강론

─

우리 모두 손을 꼭 잡고 평화는 경계가 없고 국경이 없다고 크게 외쳐야 합니다.

2019년 9월 15일, 메시지

"어쨌든 나는 아무것도 바라지 않아. 나는 다 끝났어." 이렇게 말하는 그리스도인은 희망의 지평을 바라보지 못하며 그의 마음 앞에는 벽만 있을 뿐입니다.

2016년 12월 14일, 일반 알현

—

다리를 놓는 여러분의 노고에 감사드립니다. 작은, 아주 작은 다리들이지만 하나의 작은 다리와 또 다른 다리 그리고 또 다른 다리가 모여 거대한 평화의 다리가 됩니다.

2015년 9월 19일, 인사말

—

지평선을 바라보고 벽을 쌓지 마십시오. 항상 앞을 보며 앞으로 걸어 나가십시오. 당신이 앞으로 가면 갈수록 더 멀어지는 게 지평선의 영성입니다. 멀리, 멀리 앞을 바라보며 걷되 지평선을 향해 걷지는 마십시오.

2017년 6월 27일, 강론

—

신앙이 있는 사람이나 우리와 신앙이 다른 사람과 문화로 다리를 놓는 법을 성령에게 간절히 바랍시다. 언제나 다리를 놓아야 하며 공격성을 절대 띠지 않고 항상 손을 내밀어야 합니다.

2019년 11월 6일, 일반 알현

여러분 중 누군가는 이렇게 말할 수 있습니다. 벽돌공도 기사도 없는데 내가 다리를 어떻게 놓는다는 거지? 우리는 모두 말로, 바람으로, 마음으로 다리를 놓을 수 있습니다. 하지만 지금 나는 여러분에게 인간적인 다리, 역사에 세워졌던 최초의 다리의 건설자가 되라고 권합니다. 손을 내미십시오. 팔을 뻗고 손을 내미십시오.

2016년 7월 29일, 화상 메시지

4

모두를 위한
식탁을 준비하세요

이 수많은 사람과 다양한 종교 속에서
또 종교가 없는 곳에서도 한 가지 사실만은 분명합니다.
우리는 모두 하느님의 자녀라는 것입니다.

2016년 1월 7일, 화상 메시지

사랑, 우정, 관용, 용서가 없는 평화는 이루어질 수 없습니다.
우리는 각자 뭔가를 해야 하고 모두 평화를 누려야 합니다! 우
리는 모두 형제니까요. 모두 함께 "우리는 형제야"라고 말하면
좋겠습니다. 우리 모두 형제이니 우리는 평화를 원합니다.

2015년 11월 29일, 담화

—

어린아이와 가난한 이에게 주의를 기울이면 여러분은 고통받
는 사람의 깜깜한 하늘에 별이 빛나게 할 수 있습니다.

2019년 7월 2일, 트위터

—

기도는 형제애라는 감정을
불러일으키고 장벽을 허물고
경계를 뛰어넘고 눈에 보
이지는 않지만 실재
하는 튼튼한 다리를
세우고 희망의 지평을
열어줍니다.

2019년 6월 28일, 담화

평화로 가는 길은 우리를 하나로 이어주고 창의성을 자극하는 과정입니다. 그 과정에서 내 이웃을 이방인이나 낯선 사람이 아니라 이 땅의 자식으로 보게 해주는 관계를 창조하게 됩니다.

2018년 1월 16일, 강론

우리 마음은 종교의 분열을 넘어설 준비를 하는, 평화를 사랑하는 남자 또는 여자의 마음입니다. 우리는 모두, 모두, 모두, 모두! 하느님의 자녀이니까요.

2016년 9월 20일, 산타마르타의 집 강론

'아버지'라는 말은 기도에서 빠질 수 없습니다. '우리'라는 말까지 덧붙이면 바로 여기서 우리는 모두 가족이라고 느낄 수 있습니다.

2016년 6월 16일, 산타마르타의 집 강론

—

우리의 기도는 개인들의 각기 다른 어조와 악센트가 어우러진 교향악이지만 조화롭게 소리치는 단일한 외침이기도 합니다.

2017년 9월 10일, 강론

—

평화와 화합을 지키고 그리스도인을 1등급과 2등급으로 나누지 않는 아름다운 형제애로 서로 보살피는 자비를 베풀기를 여러분에게 간절히 바랍니다.

2019년 2월 5일, 강론

—

왜 이렇게 종교가 많을까요? 하느님께서는 현실을 인정하고 싶어 하셨습니다. 종교는 수없이 많습니다. 어떤 종교는 문화에서 탄생했어도 하늘을 보고 하느님을 봅니다. 그러나 하느님께서 원하시는 것은 우리의 형제애입니다. 서로 다른 것에 놀라면 안 됩니다. 하느님께서는 이것을 허락하셨습니다.

2019년 4월 3일, 일반 알현

모든 나라와 국민은 다양성을 파괴하는 게 아니라 인정하고 화해하며 풍요롭게 하라는 부름을 받았습니다.

2014년 8월 15일, 교황과의 만남

―

"평화가 너희와 함께하리라"라는 하느님의 인사는 연결고리를 만들어냅니다. 정신을 통합하려고 우리를 하나로 잇는 인사입니다.

2016년 10월 21일, 산타마르타의 집 강론

―

야만적 충돌 문명에 대한 유일한 대안은 만남의 문명입니다. 다른 것은 전혀 없습니다. 우리는 꾸준히 그리고 부지런히 성장하는 선으로 선동적인 악의 논리에 응답할 새 세대에게 힘을 주고 그들이 성숙해지도록 도와주어야 합니다. 그들은 뿌리를 잘 내린 나무처럼 역사라는 토양에 뿌리를 내린 젊은이들입니다. 그들은 하느님을 향해 성장하면서 증오로 오염된 공기에 매일 산소 같은 형제애를 불어넣습니다.

2017년 4월 28일, 담화

―

모든 형제에게 넓은 마음을 내십시오. 인생의 비밀 중 하나는 형제에게 넓은 마음을 내는 것입니다. 이것은 깊이 있고 진정성 있는 스포츠와 같다고도 할 수 있습니다.

2014년 9월 1일, 담화

나는 많은 사람 속에서 혼자 파티를 즐기는 사람은 본 적이 없습니다. 혼자서는 약간 따분하겠지요!

2013년 11월 5일, 산타마르타의 집 강론

주님, 혀와 손을 무장해제하고 마음과 정신을 새롭게 해주소서. 우리가 언제 어디서나 '형제'라는 말을 만나고 평화가 우리가 살아가는 방식이 되게 해주소서.

2019년 6월 8일, 트위터

그리스도인은 수천 년
역사가 흐르는 동안
인간의 마음에서 자연
스레 우러나온 수많은
표현으로 기도해왔습
니다. 그리고 우리 형
제자매 중 그 누구라
도 위로받지 못하고

사랑을 나누지 못하는 사람이 없도록, 아버지께 그들 이야기를 끊임없이 들려드립니다.

2019년 5월 22일, 일반 알현

—

가정에서 자녀들 사이에 형성되는 형제 관계는 타인에게 열려 있는 교육환경에서라면 자유와 평화를 배우는 위대한 학교와 같습니다. 가정에서 형제들 간에 인간의 공동생활을, 사회에서 어떻게 함께 살아가야 하는지를 배웁니다. 형제애를 형성하는 방식은 전 사회와 사람들 사이의 관계에 대한 기대로 퍼져나갑니다.

2015년 2월 18일, 일반 알현

—

함께 갑시다! 이런 생각을 하면서 함께 나아갑시다. 교회일치 운동은 경쟁과 토론 끝에 도달하는 게 아니라 함께 걸으면서 이루어집니다. 함께 걸으면서.

2019년 6월 3일, 인터뷰

—

주님께서 제게 물으셨습니다. "네 형제는 어디 있느냐?" 병든 사람, 배고픈 사람, 목마른 사람, 옷이 없는 사람, 학교에 가지 못하는 조그만 형제, 마약 중독자, 죄수가 있는 곳은 어디입니

까? 그들 개개인, 이 형제들
개개인은 어디 있을까요?

2019년 2월 18일, 산타마르타의 집 강론

그리스도인과 이슬람교도는 형제입니다.
그러니 우리는 그렇게 대하고 그렇게 행동해
야 합니다. 하느님을 믿는다고 말하는 사람은
틀림없이 평화를 사랑하는 남자, 평화를 사랑하는
여자입니다.

2015년 11월 30일, 담화

우리는 하느님과 같은, 하느님 마음과 비슷한 마음을
갖도록 은혜를 간절히 바라야 합니다. 형제에게는
형제의 마음을, 자식에게는 아버지의 마음을,
아버지에게는 자식의 마음을 갖도록 간절히
요청해야 합니다. 예수님과 같은 인간적인
마음이 곧 신의 마음입니다.

2019년 2월 19일, 산타마르타의 집 강론

어떤 사람이 보이지 않는 하느님을 사랑한다면서 눈에 보이는
이웃과 형제를 사랑하지 않는다면 그는 거짓말쟁이입니다.

2019년 1월 21일, 산타마르타의 집 강론

눈에 보이는 형제를 사랑하지 않는 사람은 보이지 않는 하느님
을 사랑할 수 없습니다. 여러분이 눈에 보이는 어떤 것을 사랑
할 수 없는데 어떻게 보이지 않는 것을 사랑할 수 있겠습니까?

2019년 1월 10일, 산타마르타의 집 강론

우리 사이에서, 인류 안에서 가장 중요하게 생각해야 할 일은
'우리의 귀가 하는 일'입니다. 그러니까 서로 말에 귀를 기울여

들어야 합니다. 서둘러 답을 주려
하지 않고 귀를 기울이는 것입
니다. 형제자매의 말을 받아들
이고 그다음 내가 할 대답을
생각하는 것입니다. 그러니
경청 능력은 아주 중요합
니다. 흥미로운 것은 경청
능력이 있는 사람은 낮은
톤으로 차분하게 말하지

만 그런 능력이 없는 사람은 큰 소리로 말하고 소리를 지른다는 점입니다. 우리는 형제자매와 말하고 경청해야 하는데 천천히 차분하게 말하고 함께 길을 찾아야 합니다. 경청하며 대화를 나눌 때 우리는 이미 그 길에 들어선 것입니다.

2017년 4월 5일, 메시지

평화는 그 이상의 무엇입니다. 그것은 함께 식사하기와 같아서 다른 사람들과 떨어져 앉지 않고 다양한 사람과 식탁에 둘러앉아 빵을 함께 먹는 것입니다. 그 식탁에서 타인은 우리가 발견하고 바라보고 어루만져야 할 얼굴입니다.

2018년 4월 20일, 강론

불평은 아무것도 해결해주지 않습니다. 차라리 우리가 가진 얼마 안 되는 뭔가를 바치는 게 낫습니다. 우리는 약간의 시간, 약간의 재능, 약간의 능력이 있습니다. 주님의 손에 이것들을 바칠 준비가 되었다면 세상에 약간의 사랑과 평화와 정의가 존재하게 만들고도 남습니다. 하느님께서는 연대의 작은 몸짓을 여러 개로 다양하게 만들어 하느님의 선물을 공유하게 합니다.

2015년 7월 26일, 삼종기도

식탁에서 함께 먹기는 관계의 건강함을 측정하는 확실한 지표입니다. 한 가정에서 뭔가 제대로 되지 않거나 숨겨진 상처가 있다면 식탁에서 그걸 금방 알 수 있습니다.

2015년 11월 11일, 일반 알현

나는 그리스도 공동체에서 차츰 성장하는 우정과 협력에 감사하는 마음으로 평화의 과정을 위해 기도합니다. 또 현대의 젊은이를 위해 조화롭고 정의로운 사회를 만들어달라는 기도도 합니다. 그 젊은이들이 그리스도인이든 이슬람교도이든 유대교인이든 그 어떤 종교인이든 내 기도와 상관이 없습니다.

2018년 8월 26일, 삼종기도

그 사람들은 모두 식탁에 함께 앉아 있었습니다. 그 당시 사회에서 가장 최악인 사람들이었습니다. 그런데 예수님은 그들과 함께하셨습니다. 예수님은 의로운 사람들, 의롭다고 생각하는 사람들과는 식사하지 않으셨습니다.

2018년 9월 21일, 산타마르타의 집 강론

오늘날에도 배불리 먹을 날만 기다리는 사람이 수없이 많습니다. 지구에는 모두가 먹을 만한 식량이 있지만 그것을 모두와

자유, 형제애, 환대는
모든 형제들이
진심으로 존중해야 할 것들입니다.
그리고 이것이 바로 아름다운 꽃입니다.

2019년 3월 31일, 인터뷰

나눌 의지는 부족해 보입니다. 모두를 위한 식탁을 준비하십시오. 그리고 모두를 위한 식탁을 위해 간절히 기도하십시오.

2015년 5월 12일, 강론

—

모든 인간은 하느님의 피조물이므로 출신이나 종교와 무관하게 우리 형제입니다. 모든 사람은 하느님께서 그러시듯 자비의 시선으로 형제를 바라보아야 합니다.

2016년 1월 17일, 담화

—

아마조니아에서는 36개 토착 언어가 공존하면서 서로 융합되어 빨간색과 노란색 국화에서 보듯이 아름다움과 차이의 통합을 이뤄냅니다.

2015년 7월 8일, 담화

—

평화를 위한 기도는 갈등과 폭력이 만연한 이 시대에 차이를 넘어 우리 모두를 더욱 결속시켜서 형제애가 넘치는 세상을 함께 만들어가는 데 전력을 기울이게 합니다. 신자들 사이의 형제애는 적대감과 전쟁의 장벽을 넘어서 사람들 사이의 형제애로 무르익는다는 사실을 우리는 잘 알고 있습니다.

2019년 9월 13일, 메시지

하느님께서는 우리를 도와주기 위해 우리를 창조하셨습니다.
식탁에 앉으며 분명하게 그것을 보여주십니다. 하느님께서는
누구라도 식탁 밖에 있는 것을 원치 않으십니다. 세상은 우리
모두가 초대받은 식탁입니다.

2015년 9월 27일, 담화

선을 행하는 것은 의무이고 선은 우리 아버지께서 우리 모두에
게 주신 신분증입니다. 아버지 모습과 흡사하게
우리를 창조하셨기 때문입니다.

2013년 5월 22일, 산타마르타의 집 강론

주님에게 가까이 가기 위해 반드
시 지붕에 구멍을 뚫어야 한다
면 우리의 창의력이 우리
를 인도하여 만남의 길,
형제애의 길, 평화의
길을 찾고 만들게
하소서.

2013년 12월 9일,
산타마르타의 집 강론

아프리카에 "어린아이 한 명을 교육하려면 온 동네가 필요하다"라는 속담이 있습니다. 우리는 이 동네에서 지구의 주민들과 '공동의 집' 사이에 동맹하기 위한 전 세계적 접합점을 만들어야만 합니다. 그리하여 교육이 평화와 정의의 창조자가 되게 할 뿐만 아니라 인류 가족의 모든 구성원과 그들의 종교적 대화까지 다 수용하게 해야 합니다.

2019년 9월 12일, 메시지

우리는 서로 다르지만 또 이것이 우리를 풍요롭게 해줍니다. 이것이 형제애입니다.

2019년 6월 29일, 삼종기도

당신이 선을 행할 수 있으면 하십시오. 그리고 우리는 모두 선을 받을 권리가 있습니다. 우리는 모두 우리에게 선을 베풀어 주시는 아버지의 아들이니까요.

2016년 9월 19일, 산타마르타의 집 강론

우리끼리 분열하면 절대, 절대 안 됩니다! 형제애와 통합이 필요합니다.

2015년 6월 6일, 담화

하느님께서는 우리 아버지이시기에 나는 그의 유일한 자식이 아닙니다. 그런 사람은 한 명도 없습니다. 분명 내 아버지이시지만 다른 이의, 내 형제자매의 아버지이시기도 하기 때문입니다.

2013년 6월 20일, 산타마르타의 집 강론

사랑은 아주 작은 것들에서 모습을 보입니다. 그러니까 내 마음속에 전쟁이 일어나면 우리 가족에게 전쟁이 일어나고, 내가 사는 지역에 전쟁이 일어나면 일터가 전쟁터가 됩니다. 질투와 시기, 험담은 서로서로 전쟁을 치르게 합니다.

2020년 1월 9일, 산타마르타의 집 강론

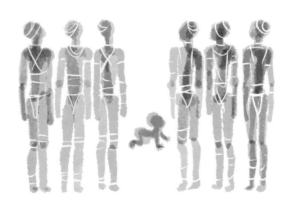

5

평화는
연약한 꽃입니다

평화에는 국경이 없듯이
예외도 없습니다.
2019년 9월 15일, 메시지

평화는 시인 샤를 페기
(프랑스의 시인이자 사상가,
1873~1914-옮긴이)가 말했던
희망과 비슷합니다. 그것
은 폭력이라는 돌들 사
이에서 피어나는 연약한
꽃과 같습니다.

2019년 1월 1일, 메시지

지속적인 평화를 추구하려면 힘겹지만 지속적이고 쉼 없는 노
력이 필요합니다. 평화는 폭력이라는 돌들 속에서 피어나러 애
쓰는 연약한 꽃과 같기 때문입니다.

2019년 9월 5일, 트위터

평화와 희망의 씨를 뿌리는 사람은 기다릴 줄 알고 확신에 차
있습니다. 자신이 뿌린 씨앗의 열매를 보고 느끼는 실망을 그
대로 받아들이지만 보살펴야 할 밭은 변함없이 사랑합니다.

2019년 9월 7일, 트위터

이렇게 말하는 사람이 있을지도 모릅니다. "나는 평화를 어떻게 만드는지 연구해본 적이 없어. 나는 학식 있는 사람이 아니야. 난 잘 몰라. 난 아직 젊거든. 난 몰라." 어쩌면 당신은 연구해본 적도 없고 학식도 없을지 모르지만 작은 일, 보잘것없는 일, 다른 사람을 위한 일을 해보세요. 작은 일을 하세요. 그러면 주님은 평화가 어떻게 만들어지는지를 이해할 능력과 평화를 만들 힘을 주실 겁니다.

2018년 12월 4일, 산타마르타의 집 강론

이 세상에서 그리스도인 젊은이는 평화라는 빵을 만드는 효모와 같습니다.

2019년 1월 30일, 일반 알현

평화는 얼마나 탁월한 예언적 단어입니까! 평화는 하느님의 꿈이며, 인류와 모든 피조물이 포함된 역사를 위한 하느님의 계획입니다.

2015년 6월 6일, 강론

폭력을 쓰거나 종교의 이름으로 그것을 변명하는 사람은 하느님을 심각하게 모욕

하는 것입니다. 하느님께서는 평화이시고 평화의 원천이시며 인간에게 지혜와 힘과 아름다움의 빛을 주셨기 때문입니다.

2017년 10월 18일, 담화

―

우리는 예수님의 이름으로 평화가 가능하다는 것을 증명할 수 있습니다.

2018년 1월 3일, 트위터

―

폭력은 폭력으로 물리칠 수 없고 평화로 물리칠 수 있습니다!

2014년 7월 20일, 삼종기도

―

전쟁으로 모든 것을 다 잃는다는 사실을 잊지 마십시오!

2019년 4월 11일, 담화

―

평화는 절대 멈추는 법 없이 앞으로 나아갑니다. 어느 지점에 도착하면 다시 또 다른 평화의 발자국을 떼어놓고 또다시 한 발을 더 떼어놓습니다. 평화는 마음에서 시작해서 이 모든 평화의 여정을 마친 뒤 마음으로 돌아갑니다. 평화를 만드는 것은 하느님을 약간 본받는 것입니다.

2018년 12월 4일, 산타마르타의 집 강론

평화를 추구하는 것은 우리 각자의 도전이기도 합니다.

2014년 8월 14일, 담화

—

우리가 평화를 원한다면 그것은 평화가 선물, 하느님께서 우리에게 주신 선물이기 때문입니다. 우리는 평화 속에서 성장하기를 기도해야 합니다. 평화는 선물이지만 자기 삶의 길을 가고, 역사의 길을 가는 선물이기도 하기 때문입니다. 선물을 받은 우리가 모두 그것의 성장을 돕기 위해 노력해야 하는 선물입니다.

2016년 9월 8일, 산타마르타의 집 강론

—

평화는 수면에서는 파도가 일지만 깊은 곳에서는 평온한 바다 같은 선물입니다. 예수님 품에서 평화롭게 살아간다는 것은 내면에 이런 경험이 있다는 것입니다. 어떤 시련이 닥쳐도 어떤 어려움에 처해도 이런 경험은 사라지지 않습니다.

2019년 5월 21일, 산타마르타의 집 강론

—

우리 그리스도인과 종교가 다른 형제들, 선의를 가진 모든 남녀가 힘껏 "폭력과 전쟁은 결코 평화의 길이 될 수 없다!"고 외치길 주님께 기도하고 싶습니다. 총성은 멈춰야 합니다! 전쟁

평화는 서명하고 그냥 놔두는
서류가 아닙니다.
평화는 매일 이루어집니다!
평화는 장인이 하는 일과 같습니다.
장인의 손으로 만들어지고
그 자신의 삶으로 만들어집니다.

2015년 11월 29일, 담화

은 언제나 평화의 실패이며, 언제나 인류의 패배입니다.

2013년 9월 7일, 철야기도

당신은 이슬람교도이고 당신은 유대교인이고 당신은 정교회 신자이고… 하지만 모두 '우리'입니다. 평화는 바로 이것이 만듭니다!

2015년 6월 6일, 담화

이것은 평화의 외침입니다! 있는 힘을 다한 외침입니다. 우리는 평화로운 세상을 원합니다. 우리는 평화를 사랑하는 남자, 평화를 사랑하는 여자가 되고 싶습니다. 분열과 갈등으로 고통받는 우리 사회에 평화라는 거센 바람이 불기를 바랍니다. 더는 전쟁이 일어나서는 안 됩니다! 더이상 전쟁은 안 됩니다! 평화는 장려하고 보호해야 할 너무나 값진 선물입니다.

2013년 9월 1일, 삼종기도

우리는 모두 똑같은 권리를 가지고 있습니다! 이것이 이루어지지 않는 사회는 불공정한 사회입니다. 정의롭지 못한 사회입니다. 정의가 없는 곳에 평화가 있을 수는 없습니다.

2015년 5월 11일, 담화

외교는 아주 고귀하고 사람들을 서로 가깝게 하며 평화를 만드는 일입니다.

2014년 12월 15일, 산타마르타의 집 강론

하느님께서는 검이 쟁기로 바뀔 수 있게, 평화의 길을 용기 있게 걸어갈 수 있게 지혜와 힘을 주셨습니다.

2014년 5월 25일, 담화

평화를 추구하는 것은 작은 일에서 시작됩니다. 가령 집에서 형제들끼리 다투었다면 나는 어떻게 해야 할까요? 화를 내며 아무도 만나지 않아야 할까요? 아니면 다른 형제를 향해 한 걸음 더 나아가야 할까요? 나는 작은 몸짓으로 평화를 만들 줄 아는 걸까요?

2018년 7월 31일, 담화

부정적인 의미에서의 가난과 전쟁은 사람들을 죽이고, 말로 표현하기 힘든 고통을 키워나가고, 멈추지 않는 증오를 사방에 뿌리는 악순환의 고리로 연결되어 있습니다.

2018년 12월 3일, 담화

세상에는 전쟁으로 고통받는 사람들이 수없이 많습니다. 우리는 또 "하느님 감사합니다, 우리에게 그런 일이 벌어지지 않아서!"라고 셀 수 없이 말합니다. 감사하는 것은 좋은 일이지만 다른 사람도 생각해야 합니다. 전쟁으로 피해를 본 모든 사람을 말입니다.

2016년 9월 20일, 산타마르타의 집 강론

96

무엇보다 먼저 시급한 것은 파괴와 죽음을 몰고 온 전쟁의 피해를 입은 곳에서 평화를 함께 만들어나가고, 전쟁이라는 암세포가 다른 곳으로 퍼지지 못하게 막는 일입니다.

2016년 4월 16일, 담화

공격성을 띠지 말고 빵처럼 부드럽고 온화하며 겸손해지십시오.

2015년 1월 15일, 인터뷰

–

만날 용기, 손을 내미는 용기는 인류를 위한 평화와 조화의 길로 가는 데 반드시 필요합니다.

2019년 3월 30일, 트위터

우리는 모든 얼굴을 사랑하고 찢긴 상처를 전부 치유하라는 부름을 받았습니다. 또 언제 어디서든 평화를 만들어가는 사람이 되라는 부름도 받았습니다.

2018년 4월 20일, 강론

–

그리스도인은 자신이 사는 공동체에서부터 평화를 장려합니다.

2019년 2월 17일, 트위터

–

평화를 얻으려면 전쟁하는 데 필요한 용기보다 훨씬 더 많은 용기가 필요합니다. 만남에 찬성하고 충돌에 반대한다는 말을 할 용기가 필요합니다. 대화는 찬성하지만 폭력은 반대한다, 협상은 찬성하지만 적대감은 반대한다, 협약은 존중하지만 도발은 반대한다, 진실성은 존중하지만 이중성은 반대한다고 말할 용기도 필요합니다. 이 모든 것에 용기와 강인한 정신력이 필요합니다.

2014년 6월 8일, 담화

평화는 공산품이 아닙니다. 평화는 수공예품입니다. 매일 우리의 수고로, 우리의 삶으로, 우리의 사랑으로, 우리의 이웃과 더불어 서로를 아끼는 마음으로 만들어집니다.

2015년 5월 11일, 담화

하느님께서는 평화를 찾는 사람과 함께하십니다. 땅 위, 평화의 길에서 내딛는 한 걸음 한 걸음을 하늘에서 축복하십니다.

2019년 2월 4일, 트위터

나는 한시도 쉬지 말고 평화를 위해 기도하고 선의를 지닌 사람들에게 끊임없이 그렇게 기도하라고 권유합니다. 지금 나는 정의와 평화를 다른 어떤 일보다 우선순위에 두도록 책임 있는 정치인 모두에게 다시 호소합니다.

2018년 4월 15일, 트위터

여러분에게 말합니다. "두려워하지 마십시오!" 복음의 반석 위에 사랑과 조화가 넘치는 사회를 건설하십시오. 그렇게 할 때만 평화가 지속됩니다!

2014년 4월 6일, 삼종기도

—

평화라는 선물은 연민과 혜안과 용기를 가지고 지속해야 할 귀중한 보물입니다.

2018년 2월 11일, 삼종기도

—

사랑으로 봉사하는 사람만이 평화를 만들어갑니다. 스스로 봉사하는 마음을 내어 다른 이들을 돌보고 사람과 세상일이 파멸로 향하게 내버려두지 않습니다. 그들을 보호하면서 정신과 마음을 흐리게 하는 무관심의 두꺼운 장막을 걷어내는 방법을 압니다.

2016년 4월 16일, 담화

—

무력 충돌 속에서 전투하느라 어린 시절을 도둑맞은 어린이가 수없이 많습니다. 우리는 이런 가공

할 범죄를 멈추어야 합니다.

2019년 2월 12일, 트위터

평화는 마음과 정신의 대화입
니다. 계속 받아들여지기를
요청하는 도전입니다.

2019년 9월 21일, 트위터

우리는 돋아나는 평화의
새싹들을 돌봐야 합니다.
그래서 우리 도시를 평화
의 뜰로 만듭시다.

2018년 1월 1일, 트위터

비둘기는 노아의 홍수 이후 하느
님께서 원하셨던 것, 즉 평화의 상
징이 되었습니다. 하느님께서는 모든
인간이 평화롭게 살기를 바라셨습니다.

2017년 2월 16일, 산타마르타의 집 강론

사람들 사이에서 평화가 널리 퍼지고 인간의 권리가 보장되도록 우리 함께 애씁시다.

2017년 10월 24일, 트위터

내가 다섯 살 때 일입니다. 지금도 기억이 나는데 소방관들이 사이렌을 울리기 시작했습니다. 그러고 나서 곧 어머니를 부르는 옆집 아주머니의 목소리가 들렸지요. "레지나 아주머니, 나와 보세요, 나와 보세요, 나와 보세요!" 어머니는 다소 놀란 얼굴로 밖으로 나갔습니다. "무슨 일 있어요?" 그러자 정원의 다른 쪽에 있던 아주머니가 말했습니다. "전쟁이 끝났어요!" 그러고는 눈물을 흘렸습니다. 나는 전쟁이 끝나서 서로 부둥켜안고 입을 맞추고 눈물을 흘리는 두 여인을 보았습니다.

2017년 2월 16일, 산타마르타의 집 강론

평화의 토대는 모든 사람을 존중하는 것입니다. 그 사람이 어떤 삶을 살았든 상관없습니다. 또 권리, 공동선, 우리에게 맡겨진 피조물에 대한 존중 역시 평화의 토대입니다.

2019년 1월 1일, 메시지

모든 이에게, 그리고 지구상의 모든 나라에 평화를! 크리스마스 밤에 천사들이 목자들에게 알렸던 평화는 모든 이와 모든 민족, 무엇보다 평화를 찾지 못해 극심한 고통을 겪는 민족들이 깊이 열망하는 평화입니다.

2018년 1월 1일, 메시지

모두가 평화를 원합니다. 많은 사람이 매일 작은 몸짓으로 평화를 만들어나갑니다. 많은 이가 고통받으며 평화를 건설하려는 힘겨운 시도를 묵묵히 참아냅니다. 그리고 우리 모두에게는 무엇보다 기도로 우리를 평화의 도구로 만들고 평화의 건설자가 될 의무가 있습니다.

2014년 5월 25일, 부활 삼종기도

평화를 건설하는 것은 어렵지만 평화 없이 사는 것은 고통 그 자체입니다.

2014년 5월 25일, 부활 삼종기도

어떤 수준에서든, 어떤 상황에서든 언제나 조화를 이룰 수 있습니다. 평화라는 목적과 계획 없이는 미래가 없습니다!

평화 없는 미래는 없습니다!

2015년 1월 4일, 삼종기도

전쟁으로 모든 것을 잃습니다. 평화로 모든 것을 얻습니다.

2013년 6월 2일, 삼종기도

오늘 당신들이 무찔러야 할 적이라고만 생각하는 그 사람이 당신 형제라는 것을 알아차리고 손을 멈추십시오! 무기를 포기하고 상대를 만나 대화와 용서와 화해로 당신 주변에 정의와 신뢰와 희망을 쌓아나가십시오!

2014년 1월 1일, 메시지

우리가 지금 겪는 이 전쟁으로 무엇이 남겠습니까? 폐허와 교육받지 못한 수많은 어린이와 아무 죄 없이 죽을 수많은, 너무 많은 사람뿐입니다! 그리고 무기상들 주머니를 두둑하게 불린 엄청난 액수의 돈이 남을 겁니다.

2015년 11월 19일, 산타마르타의 집 강론

평화의 길을 찾지 못하고 전쟁을 원하는 이 세상을 위해 눈물로 자비를 구하는 게 좋을 겁니다.

2015년 11월 19일, 산타마르타의 집 강론

평화는 아직 너무 자주 상처를 입습니다. 다양한 갈등이 난무하는 세계 곳곳에서 그런 일이 벌어집니다. 긴장이 끊이지 않기는 여기 유럽에서도 마찬가지입니다.

2014년 11월 21일, 담화

오늘은 '봄'이 필요합니다. 오늘은 희망의 선지자, 일을 하고 앞으로 나아가기 위해 손을 더럽히는 것을 두려워하지 않는 성인이 필요합니다. 오늘은 '제비'가 필요합니다. 바로 여러분이 제비입니다.

2018년 11월 23일, 담화

평화는 사지도 팔지도 못합니다. 평화는 하느님의 선물입니다.

2013년 4월 4일, 산타마르타의 집 강론

평화를 위한 기도는 갈등과 폭력이 만연한 이 시대에, 차이를 넘어서 우리 모두를 더욱 결속해 형제애가 넘치는 세상을 함께 만들어가는 데 전력을 기울이게 합니다.

2019년 9월 13일, 메시지

평화는 당신을 구하고 살게 하고 성장시킵니다. 전쟁은 당신을 파멸시키고 죽음으로 이끕니다.

2015년 9월 10일, 산타마르타의 집 강론

다른 사람들의 문제들을 떠맡느라 궁극적으로는 자신의 개인적 평화를 위태롭게 하는 평화의 건설자는 없습니다. 순종적인 사람은 평화의 건설자가 아니라 게으름뱅이, 편안하게 살고자 하는 사람일 뿐입니다. 반면 선을 실현하기 위해 위험에 처하거나 위험에 처할 용기가 있다면 그 그리스도인은 평화의 건설자입니다. 그 선은 예수님이 우리에게 선물해준 보물 같은 것입니다.

2017년 10월 11일, 일반 알현

크리스마스가 다가오고 있습니다. 전등불들이 환하게 켜질 테고 파티가 열리고 반짝이는 크리스마스트리에 구유까지…. 모두 위장일 뿐입니다. 세계는 계속 전쟁하고 있습니다. 세상은 평화의 길을 이해하지 못하고 있습니다.

2015년 11월 19일, 산타마르타의 집 강론

오늘날 사방이 전쟁 중이고 증오가 널리 퍼져 있습니다. 우리는 심지어 이런 말로 위안을 삼습니다. "아, 그래, 폭격이 있었지. 그래도 어린아이들이 스무 명만 죽어서 다행이야!"
또는 이렇게도 말합니다. "많이 죽은 게 아니라 납치를 많이 당했대…." 그러니까 이런 식으로 생각하는 우리도 미친 것입니다.

2015년 11월 19일, 산타마르타의 집 강론

우리가 다시 평화의 길을 걸어가는 법을 배울 수 있을까요? 그렇습니다. 모두가 가능한 일입니다! 나는 우리가 각자 어린이부터 어른까지, 국가를 통치하라는 부름을 받은 사람들까지 이렇게 대답했으면 좋겠습니다. "네, 배우고 싶습니다!"

2013년 9월 7일, 강론

6

꿈꾸는 능력을
잃지 마세요

사랑은 변형된 마음에서 나옵니다.
육신의 마음, 인간의 마음으로 변형된
돌의 마음에서 나오는 겁니다.

2013년 6월 17일, 담화

기도로 들어가는 것은 내 마음을 가지고 예수님의 마음으로 들어가는 것입니다. 내 마음을 바꾸기 위해 내 마음속으로 여행하는 것이기도 합니다.

2019년 6월 28일, 담화

오늘 당신의 마음은 어떻습니까? 평화롭습니까? 평화롭지 않다면 평화를 말하기 전에 먼저 당신 마음을 정리하여 평화롭게 만드십시오.

2016년 9월 8일, 산타마르타의 집 강론

어쩌면 나는 평화를 원치 않을지도 모릅니다. 평화에 저항하고 위로에 저항할지도 모릅니다. 그러나 그분이 문 앞에 계십니다. 그분은 우리가 마음을 열고 위로를 받고 평화롭기를 원하시기에 문을 두드리십니다. 부드럽게 두드리십니다. 어루만지듯이 문을 두드리십니다.

2018년 12월 11일, 산타마르타의 집 강론

하느님께서는 멀리 있는 익명의 존재가 아닙니다. 우리의 안식처이며 평온과 평화의 샘입니다. 우리를 구해주는 바위입니다. 우리는 떨어지지 않으리라는 확신을 갖고 바위에 매달릴 수 있습니다. 하느님께 매달린 사람은 절대 떨어지지 않습니다.

2017년 2월 26일, 삼종기도

–

형제와 같은 감정, 성숙한 감정이 점점 더 진정한 환대의 마음을 키워나갑니다.

2017년 9월 6일, 메시지

–

전쟁이 멀리 있을까요? 그렇지 않습니다. 아주 가까이에 있습니다! 전쟁은 모두의 문제이기 때문에 마음에서도 전쟁이 시작됩니다.

2016년 9월 20일, 산타마르타의 집 강론

–

당신은 화려한 말로 평화를 이야기할 수 있고 성공적으로 강연할 수 있지만 당신 주위에, 당신 마음에 평화가 없다면 가정과 당신 구역에 평화가 없을 것이고 당신 직장에 평화가 없을 것이고 세상 그 어디에도 평화가 없을 것입니다.

2016년 9월 8일, 산타마르타의 집 강론

꿈을 꾸는 능력을 잃지 마세요.
꿈을 꾼다는 것은
미래를 향해 문을 여는 것이고
미래를 풍요롭게 만드는 것이니까요.

2018년 12월 18일, 산타마르타의 집 강론

평화는 당신에게 앞으로 나아갈 용기를 줍니다. 평화는 당신 마음이 미소 짓게 만듭니다. 이런 평화 속에 사는 사람은 유머 감각을 절대 잃지 않습니다. 자기 자신과 타인, 그리고 자신의 어두운 그늘까지도 웃음의 대상으로 삼는다면 모든 것을 보면서 웃을 수 있습니다.

2019년 5월 21일, 산타마르타의 집 강론

–

우리 자신의 밖을 바라보며 정신과 마음을 넓혀서 사람들과 형제들의 필요와 새로운 세상의 요구에 응답합시다.

2018년 12월 2일, 삼종기도

–

전쟁은 모두의 문제이기 때문에 마음에서도 전쟁이 시작됩니다. 따라서 우리는 평화를 위해 기도하며 주님께서 우리 마음에 평화를 주시기를, 온갖 갈망과 탐욕과 갈등을 없애주시기를 간절히 원해야 합니다.

2016년 9월 20일, 산타마르타의 집 강론

–

사랑하는 형제자매 여러분, 주님께서는 성령의 선물에 마음을 열라고 우리에게 권유하십니다. 성령이 역사의 오솔길로 우리를 인도하도록 말입니다.

2019년 5월 29일, 일반 알현

—

다른 사람을 험담하는 것은 사람들에게 폭탄을 던지고 자신만 재빨리 달아나서 피하는 것과 같습니다. 믿음이 강한 그리스도인은 이와 반대로 항상 평화와 화해를 실현해야 합니다.

2015년 9월 4일, 산타마르타의 집 강론

—

평화와 형제애라는 감정의 씨앗을 뿌릴 곳은 바로 마음입니다.

2019년 9월 1일, 메시지

—

인간이 이룬 선은 계산이나 전략의 결과가 아닙니다. 유전자 간 상호작용의 산물이나 사회적 훈련의 결과도 아닙니다. 그것은 잘 준비된 마음, 진정한 선을 향해 자유로이 선택한 결과입니다.

2016년 3월 3일, 담화

—

기쁨은 진정한 평화입니다. 그리스도교의 평화는 정적이고 고요하지 않고, 즐겁고 유쾌합니다. 예수님과 하느님이 즐겁고 유쾌하시기 때문입니다.

2013년 12월 3일, 산타마르타의 집 강론

폭력은 변화된 마음에서 출발해야만 뿌리 뽑을 수 있습니다.

2013년 7월 25일, 담화

-

우리는 주님을 찬미하고 겸손하게 우리에게 평화를 내려달라고 기도할 수 있습니다. 그것은 주님께서만 주실 수 있는 마음의 평화이며 주님이 우리 곁에서 함께 걷는 것을 우리가 받아들일 때만 주시는 평화입니다.

2014년 9월 8일, 산타마르타의 집 강론

-

예수님이 주신 평화는 마음속으로 들어갑니다. 당신에게 힘을 주는 평화이고 오늘 우리가 주님께 간절히 구했던 것, 즉 우리의 믿음과 희망을 더욱 굳건히 하는 평화입니다.

2015년 5월 5일, 산타마르타의 집 강론

-

주님께서 문을 두드리십니다. 당신이 들을 수 있는 소리는 이런 것입니다. 더 나은 존재가 되려는 바람, 다른 사람들과 하느님 곁에 더 가까이 있고자 하는 바람이 담긴 소리 말입니다.

2014년 10월 21일, 삼종기도

평화는 주님의 선물이므로 그리스도인은 평화를 잃어버릴 수 없습니다. 주님은 가장 안 좋은 순간에도 모두에게 평화를 선물하십니다.

2018년 11월 11일, 산타마르타의 집 강론

–

가장 작고 약하며 가난한 이들에게 공감해야 합니다. 그들은 우리의 정신과 마음을 차지할 '권리'가 있습니다. 그들은 우리 형제이므로 우리는 그들을 사랑하고 형제로 대해야 합니다.

2015년 2월 18일, 일반 알현

–

예수님의 삶은 길 위에 있었습니다. 이것은 우리에게 그분의 마음 깊은 곳을 살펴보라고 권합니다. 예수님이 길에서 만난 사람들에게 느꼈던 것을 이해해보라고 권합니다.

2014년 3월 6일, 담화

–

그리스도인의 입에서 모욕적인 말이나 공격적인 말이 튀어나오면 몹시 불쾌합니다. 너무 불쾌합니다. 무슨 말인지 아시겠습니까? 모욕적인 말을 하는 사람은 그리스도인이 아닙니다.

2014년 9월 7일, 삼종기도

인생에는 고통이 있습니다. 아픈 이들이 있고 끔찍한 일들이
많으며 전쟁도 있습니다. 그러나 하느님의 선물인 내면의 평화
는 사라지지 않습니다.

2017년 5월 16일, 산타마르타의 집 강론

—

평화는 전쟁이 없는 것만이 아니라 개인이 자신과 조화를 이루
고 자연과 조화를 이루고 타인과 조화를 이루며 살아가는 모든
상황을 말합니다. 이것이 평화입니다.

2015년 1월 4일, 삼종기도

—

놀라움은 너무 기뻐서 약간 이성을 잃는 감정입니다. 단순한
흥분이 아닌 놀라움은 대단합니다. 축구 경기장에서 열성 팬들
도 자신들이 응원하는 팀이 이기면 흥분합니다. 안 그런가요?
그렇습니다. 하지만 이는 단순한 흥분이 아니라 더 깊은 것입
니다. 놀라움은 우리가 예수님을 만났을 때 경험하게 됩니다.

2013년 4월 4일, 산타마르타의 집 강론

—

평화에는 경계가 없고 국경이 없다고 크게 소리치려면 우리는
더 가까워져야 합니다. 한마음, 한목소리가 되어야
합니다. 우리 가슴에서 올라오는 외침이 있어야

합니다. 실제로 거기에서, 가슴에서, 서로 나누고 대립하게 만드는 경계의 뿌리를 뽑아야 합니다.

2019년 9월 13일, 메시지

–

우리는 금방 지치고 피곤해서 따분한 얼굴로 살아가는 젊은이가 아니라 강한 젊은이를 원합니다. 희망이 있고 강인한 젊은이를 원합니다. 그래야 마음이 자유로워지기 때문입니다.

2015년 7월 12일, 담화

–

그리스도인은 마음이 평화로 충만한 사람입니다.

2014년 12월 4일, 삼종기도

–

마음에는 모든 이를 위한 자리가 있습니다. 이것이 평화의 연결고리를 만듭니다. 모든 이를 포용하는 방식은 통합을 창조해내는 평화의 연결고리를 만드는 데 어울립니다.

2016년 10월 21일, 산타마르타의 집 강론

–

우리 마음이 하느님 말씀을 받아들이기 좋은 땅일 때, 그리스도인으로 살아가느라 셔츠 일곱 장을 땀으로 적실 때, 우리는 뭔가 큰 실험을 해볼 수 있습니다. 우리는 혼자가 아닙니다. 우리에게는 같은 길을 걸어가는 형제들과 가족이 있습니다.

2013년 7월 27일, 담화

─

아무리 어두운 밤이라도 밝아오는 새벽의 기쁨을 잊게 할 정도로 길지는 않습니다. 어둠이 짙으면 짙을수록 새벽은 더 가까이에 있습니다. 예수님과 하나 되어 있다면 힘든 시기의 추위에도 우리 몸은 얼어붙지 않을 겁니다.

2017년 10월 11일, 일반 알현

─

하나의 외침이 점점 더 커지는 불안감과 함께 지구 곳곳에서, 모든 민족에게서, 개개인의 가슴에서, 인류라는 거대하고 유일한 가족에게서 터져 나옵니다. 그것은 평화의 외침입니다!

2013년 9월 1일, 삼종기도

─

우리 마음과 입에서는 어떤 씨앗이 나올까요? 우리는 선한 말을 하기도 하고 악한 말을 내뱉기도 합니다. 상처를

치유할 수도 있고 상처를 줄 수도 있습니다. 용기를 북돋울 수
도 있고 기를 꺾을 수도 있습니다. 중요한 것은 들어오는 말이
아니라 입과 마음에서 나가는 말이라는 사실을 잊지 마십시오.

2014년 7월 13일, 삼종기도

–

온유함은 존재하고 살아가는 방식으로 우
리를 하나로 이어줍니다. 편 가르고 대립하는
것을 떠나 통합의 길로 전진할 새로운 방법을 찾게
해줍니다.

2016년 11월 1일, 강론

–

겸손함이 없는 평화는 있을 수 없습니다. 오만함이 있는 곳에
는 항상 전쟁이 있고 다른 사람을 이기려는 욕망, 자신이 우월
하다고 믿고 싶은 욕망이 있습니다. 겸손함이 없이는 평화가
없고 평화가 없으면 통합도 불가능합니다.

2016년 10월 21일, 산타마르타의 집 강론

–

인간이 한평생 살면서 할 일은 자식을 낳고 나무 한 그루를 심
고 책을 한 권 쓰는 것이라는 속담이 있습니다.

2014년 2월 6일, 산타마르타의 집 강론

주님, 저는 열매를 많이 맺고 싶습니다. 제 생명으로 새로운 생명을 탄생시키고 싶습니다. 하지만 저는 메마른 땅이라서 할 수 없고 당신은 하실 수 있습니다.

2013년 12월 19일, 산타마르타의 집 강론

몸을 낮추고 사려가 깊고 온화한 사람은 목소리를 크게 내지 않으며 다른 사람을 방해하지 않으려고 합니다. 그 자신은 모를 수 있지만 온유하고 겸허하신 하느님의 방식대로 행동합니다.

2016년 5월 29일, 강론

–

무자비한 일이 드물지 않은 무관심의 문화 속에서도 우리 삶의 방식은 그와 반대로 자비와 공감, 연민, 동정심으로 넘쳐야 합니다.

2015년 12월 24일, 강론

–

하느님의 사랑, 하느님의 왕국, 예수님의 사랑이 당신 마음에 뿌리를 내리게 하십시오. 그러면 평화를 얻고 자유를 얻어 충만해질 것 입니다.

2018년 11월 25일, 삼종기도

–

매일 넓은 마음으로 사랑하십시오. 마음을 넓혀 자꾸 줄어들지 않게 하고 돌처럼 단단하게 만드는 게 지혜입니다. 마음을 넓히세요.

2019년 4월 13일, 교황과의 만남

내가 바라보고 멈추지 않으면, 내가 바라보고 만지지 않으면, 내가 말하지 않으면 나는 만날 수 없고 만남의 문화를 만들어 가도록 도울 수도 없습니다.

2016년 9월 13일, 산타마르타의 집 강론

—

마음을 집중하면 무슨 일이 일어나는지 인식할 수 있습니다.

2014년 10월 10일, 산타마르타의 집 강론

—

화를 내면 평화를 잃습니다. 마음이 어지러운 것은 예수님의 평화에 내 마음을 열지 않았기 때문입니다. 삶을 있는 그대로 받아들일 수 없기 때문입니다.

2017년 5월 16일, 산타마르타의 집 강론

—

당신이 이웃을 사랑한다면, 증오하지 않는다면 당신 마음에 증오가 없을 것입니다. 하느님을 사랑하세요.

2014년 8월 15일, 담화

—

어제 제 비서에게 물었습니다. "말해주게. 마음이 어떻게 굳지?" 그의 도움을 받아 이 문제를 좀 생각해보게 되었습니다. 고통스러운 경험, 가혹한 경험 때문에 마음이 굳습니다. 고통스러운 경험이 많은 사람은 또 다른 모험을 하려고 하지 않습니다.

2015년 1월 9일, 산타마르타의 집 강론

—

평화의 실로 인내심을 가지고 천을 짜십시오. 그러면 아무것도 두렵지 않고 마음은 기쁨으로 채워질 것입니다.

2018년 12월 16일, 삼종기도

—

침묵을 두려워하지 마십시오. 혼자 있는 것을 두려워하지 마십시오. 혼자 시간을 보내고 침묵의 공간을 만드십시오. 침묵을 두려워하지 마십시오. 침묵 속에서 일기를 쓰면 됩니다. 내면의 침묵 속에서만 의식의 목소리를 들을 수 있습니다.

2019년 4월 13일, 교황과의 만남

—

제 전령이 되어 굶주린 사람에게 먹을 것을 주고 목마른 사람에게 물을 주고 필요한 사람에게 자리를 주고 헐벗은 사람에게 옷을 주고 아픈 이를 방문하십시오. 죄인을 도와주십시오. 혼자 두지 말고 그가 당신에게 저지른 악행을 용서하고 슬픔에 잠긴 사람을 위로하고 타인에게 너그러워지십시오.

2016년 2월 13일, 강론

마음은 모두 포용하기 위해 넓어집니다. **마음을 넓혀 하느님의 사랑이 얼마나 큰지 증명하십시오.**

2015년 9월 23일, 담화

–

다른 이들이 평화롭게 살 수 있도록 자기 손을 더럽히며 일할 수 있는 사람은 행복합니다.

2018년 1월 16일, 강론

–

버려진 사람들과 소외된 사람들의 눈을 바라보며 그들에게 친근함을 보여주는 이들은 복이 있나니. 모든 사람 속에 있는 하느님을 발견하고 **다른 사람들도 하느님을 찾을 수 있게 싸우는 이들은 복이 있나니.** 공동의 집을 보호하고 돌보는 이들은 복이 있나니. 타인의 행복을 위해 자기 행복을 포기하는 이들은 복이 있나니.

2016년 11월 1일, 강론

당신이 시작하면 세상도 시작합니다

1판 1쇄 인쇄 2021년 1월 29일
1판 1쇄 발행 2021년 2월 5일

지은이 프란치스코 교황
정리 안나 페이레티
그린이 알렉산드로 산나
옮긴이 이현경

발행인 김기중
주간 신선영
편집 정은미, 민성원, 이상희
마케팅 김신정, 최종일
경영지원 홍운선
펴낸곳 도서출판 더숲
주소 서울시 마포구 동교로 43-1 (우 04018)
전화 02-3141-8301~2
팩스 02-3141-8303
이메일 info@theforestbook.co.kr
페이스북·인스타그램 @theforestbook
출판신고 2009년 3월 30일 제 2009-000062호

ISBN 979-11-90357-55-5 03890